Cet ouvrage
a été imprimé
sur un papier issu
de forêts gérées
durablement,
de sources contrôlées.

ISBN 978-2-7002-4994-1

L'école d'Agathe

Pakita | J.-P. Chabot

Audrey veut toujours commander

RAGEOT

Vous connaissez Audrey ?

C'est la plus grande de la classe avec Paul.

Audrey, elle veut toujours **commander** tout le monde.

Et le plus drôle, c'est que tout le monde **obéit** toujours à Audrey, même notre maîtresse, madame Parmentier.

Enfin, la maîtresse, elle n'**obéit** pas vraiment.

Souvent, Audrey arrive à l'école et crie :

– Aujourd'hui, les filles, **interdiction** de parler aux garçons !

Et on ne parle pas aux garçons.

– Aujourd'hui, les garçons et les filles, on joue à chat-bougie !

Et on joue à chat-bougie.

– Aujourd'hui, tous ceux qui ont des bonbons les partagent avec les autres !

Et on les partage ! (Mais bon, ça, c'était une bonne idée. Je n'en avais pas et, grâce à elle, j'en ai mangé.)

Ce matin, Audrey a crié avec sa grosse voix :

– Aujourd'hui, on est Robinson Crusoé, chacun sur son île à la récré !

Vous connaissez l'histoire de **Robinson Crusoé ?**

Hier, la maîtresse nous a raconté le début.

Robinson était sur un bateau. Le bateau a coulé et il s'est retrouvé **tout seul** sur une île.

Il a construit sa cabane **tout seul**, mangé **tout seul**, joué **tout seul**. Et pas un bateau pour venir le chercher pendant des années et des années !

Comme d'habitude, on a **obéi** à Audrey.

En classe, on a été très sages (on commençait à être sur notre île).

Et, à la récré, on est vite descendus avec une craie.

Comme les autres, j'ai tracé avec ma craie un grand rond autour de moi.

Dans mon île,
j'ai dessiné
un arbre pour
me faire de
l'ombre et un
perroquet dans
l'arbre.

Robinson parlait souvent à son perroquet pour se sentir moins seul. Mais moi, je n'allais pas parler à un perroquet dessiné à la craie!

Je ne suis pas complètement zinzin!

Quand je me suis retournée, j'ai vu l'île d'Aziz.

Elle était magnifique ! Il y avait des oiseaux multicolores, des arbres **géants**, et même des meubles.

Il faut dire qu'Aziz est très fort en dessin et en imagination.

En plus, il a une boîte de craies de couleur !

Aziz

De l'autre côté, il y avait l'île de Zizette (ma sœur de cœur) et celle d'Alexandre, un copain très gentil, qui a un grand frère en CM1.

Déjà, ceux des autres classes s'arrêtaient pour nous demander ce qu'on fabriquait. On faisait semblant de ne pas les voir.

Et tout à coup, j'en ai eu assez. J'ai regardé Zizette et Alexandre.

Ils m'ont fait des grimaces qui voulaient dire qu'ils s'ennuyaient. Un peu plus loin, Théo était assis dans son rond. Il ne faisait rien. Il a horreur du dessin !

Soudain, Audrey est arrivée. Elle était sortie de son île pour nous surveiller !

Je n'allais quand même pas tourner en rond dans mon île pour chasser les deux chocos que j'avais dans ma poche !

Décidément, ce jeu m'énervait, mais je n'osais pas le dire.

Personne n'avait jamais pensé à **désobéir** à Audrey.

C'est Augustin, le grand frère d'Alexandre, qui nous a sauvés ! Il est arrivé près d'Alexandre et il lui a demandé en rigolant :

– Alors le nain de jardin, qu'est-ce que tu fais ? Tu t'es enfermé tout seul dans un rond de craie ? Tu veux que je t'aide à sortir ?

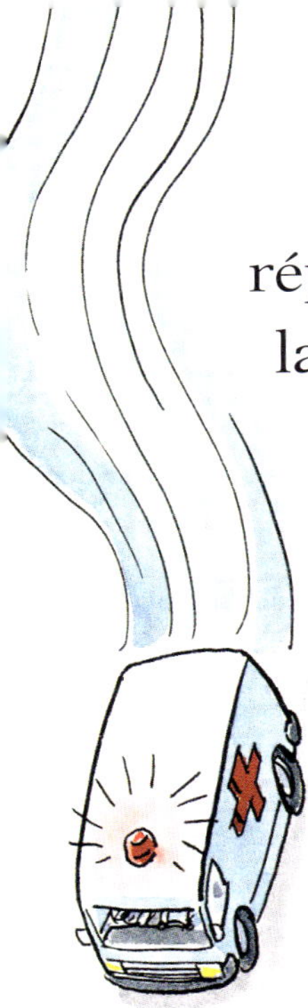

Alexandre n'a pas répondu. Il obéissait bien à la consigne d'Audrey.

Augustin a continué :

– T'as perdu ta maman ? Tu veux que je te porte ?

Pin-Pon Pin-Pon Pin-Pon !

C'est l'hôpital des fous, je viens chercher la livraison !

Et il s'est mis à courir autour de l'île d'Alexandre.

– Alors minus, tu as perdu ta langue ?

Et là, Alexandre a craqué :

Zizette s'est approchée.

– Moi aussi, j'en ai assez !

Alors j'ai dit :

– Oui ! C'est nul comme jeu !

Augustin, qui connaît toute l'histoire de Robinson, nous a dit :

– Robinson n'a pas toujours été seul, il a rencontré un homme sauvage qu'il a appelé Vendredi et qui lui a obéi.

– Vendredi a obéi à Robinson, mais nous, on ne veut plus **obéir** à Audrey ! a dit Zizette.

– On en a **marre d'obéir** à Audrey ! On n'est pas des esclaves ! j'ai ajouté.

On est sortis ensemble de nos îles et on s'est dirigés vers Audrey en criant :

– **On n'est pas Robinson, on n'est pas Vendredi ! C'est fini ! On ne t'obéit pluuuus !**

Toute la classe
nous a rejoints,
sauf Aziz qui
dessinait un
radeau
pour partir
de son île.

Mademoiselle Lafleur, qui surveillait la récré (elle est très gentille), est arrivée :

– Qu'est-ce qui se passe par ici, c'est le magasin des réclamations ?

On lui a tout raconté. Audrey a dit qu'elle aussi en avait assez de jouer à Robinson, mais qu'elle ne savait pas comment changer.

Alors mademoiselle Lafleur lui a expliqué que ce n'était pas à elle d'avoir des idées pour tout le monde, qu'**il fallait laisser chacun s'exprimer.**

Et à midi, après la cantine,
Audrey a crié :

Je me suis dit qu'elle avait bien compris le conseil de mademoiselle Lafleur.

Mais elle a ajouté :

Et voilà !

Elle recommençait déjà !

On ne change pas les gens comme ça !

Oh là là !
Il est tard !
Demain, j'ai atelier théâtre.
Pourvu qu'on ne joue pas à Robinson !
Mais non je rigole !
En tout cas, ce qu'il y a de super, c'est que si Audrey continue à **commander,** nous, on arrête de lui **obéir** !
Allez, bonne nuit !!!

L'auteur

Pakita aime tous les enfants ! Les petits, les gros, les grands, avec des yeux bleus, verts ou jaunes, avec la peau noire, rouge, orange, qui marchent ou qui roulent, et même ceux qui bêtisent !
Pour eux, elle se transforme en fée rousse à lunettes, elle joue, elle chante, elle écrit des histoires et des chansons pour les CD, les livres ou pour le dessin animé.

L'illustrateur

Jean-Philippe Chabot est né à Chartres en 1966. Avant d'entrer à l'école il dessinait déjà. À l'école, il dessinait encore. Puis il a choisi de faire des études de... dessin. Et maintenant, son travail c'est illustrer des albums et des romans.
Il est très heureux de dessiner tous les jours et parfois même la nuit mais toujours en musique.

L'école d'Agathe

32 pages - 5,20 €

n° 1

n° 2

n° 3

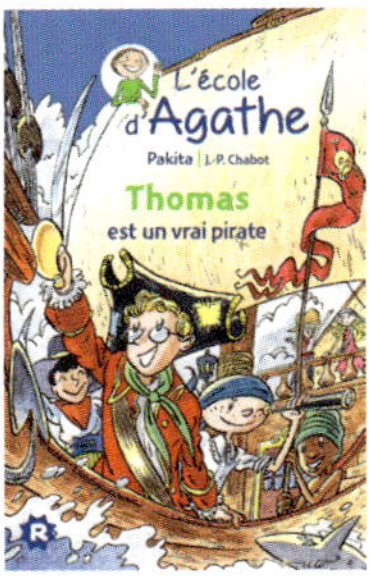

n° 4

n° 5

n° 6

n° 7

n° 8

n° 9

n° 10

n° 13

n° 14

n° 16

n° 18

n° 19

64 pages - 7,10 €

n° 11

n° 12

n° 20

L'école d'Agathe

Toute la série
L'école d'Agathe
sur www.rageot.fr

PAPIER À BASE DE FIBRES CERTIFIÉES

RAGEOT s'engage pour l'environnement en réduisant l'empreinte carbone de ses livres. Celle de cet exemplaire est de :
150 g éq. CO_2
Rendez-vous sur www.rageot-durable.fr

Achevé d'imprimer en France en février 2016
sur les presses de Loire Offset Titoulet
Dépôt légal : août 2015
N° d'édition : 6613 - 02